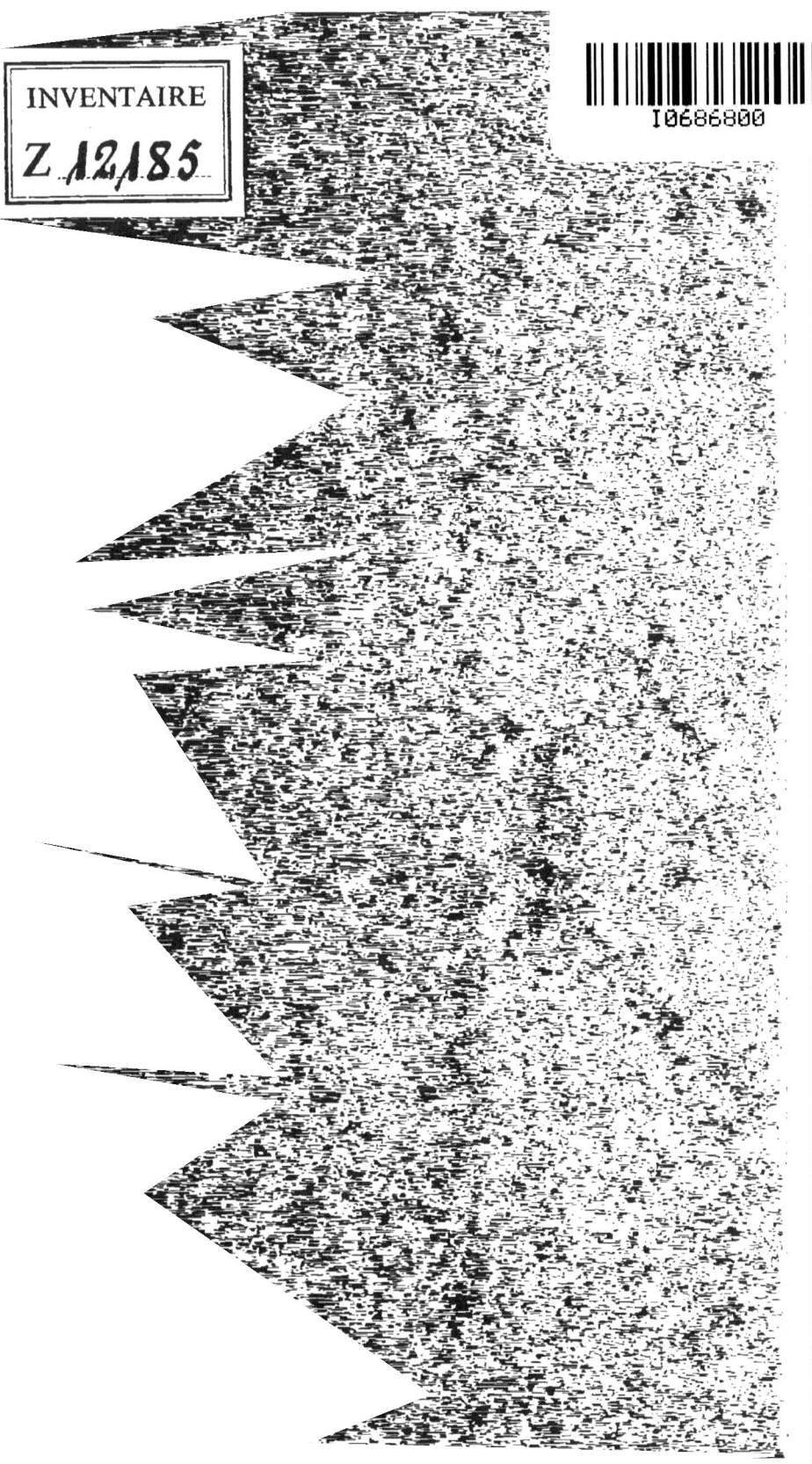

LETTRES

SUR

LE VIIᵉ VOLUME

DE

L'ENCYCLOPÉDIE.

1759.

46

PRÉFACE.

ON voit en lifant ces Lettres, que l'Auteur a eu intention qu'elles devinffent publiques. Elles renferment en effet des verités qui meritent d'être manifeftées à la face de l'Univers. Ces verités paroîtront peut-être un peu dures, mais les Encyclopédiftes ne fauroient s'en plaindre avec juftice. Quand on ne refpecte ni le Trône ni les Autels, ni la vertu, on auroit mauvaife d'exiger des ménagemens & des égards. Vis-à-vis certains Philofophes, il faut employer un ftyle de fer, pour rabattre la morgue infolente dont ils font parade. Quand je les appelle *Philofophes*, c'eft pour les comparer au *Sage* que le Satyrique Romain ridiculife fi ingénieufement. Le Sage dont il s'agit, *excelle lui feul en tous les Arts, quoiqu'il n'en exerce aucun: il eft feul Roi, fans en faire les fonctions.* Ne femble-t-il pas qu'Horace ait prévu qu'il y auroit un jour des Encyclopédiftes? En effet, ces Meffieurs font

PREFACE. v

très-verſés dans les matieres
d'Etat, & connoiſſent les
plus vils détails de la Cui-
ſine; ils débitent des maximes ſurleGouvernement,
& enſeignent la maniere
d'apprêter les artichaux.
Sutor bonus... & eſt Rex.
Il eſt vrai que la Philo-
ſophie des Encyclopédiſtes
eſt ſouvent en défaut : un
amas de contradictions en
fait la baſe; & l'on peut
dire que la réfutation de
leur doctrine eſt dans leur
doctrine même. Si c'étoit
ici le lieu, j'en pourrois
citer mille exemples : je me
borne à deux. Ceux qui
ont lu l'Article des *Freres*

a 3

de la Charité[1], font apparemment bien perfuadés du
mépris que l'Encyclopédie
fait des Réguliers. Eh bien,
on n'a qu'à lire l'Article
Ariftotélifme, Tome I. on
y verra leur Apologie.
Tout le monde fait l'affectation puerile avec laquelle
les Encyclopédiftes fe
louent mutuellement. Ils
ont inftitué un nouvel
Ouvrage Periodique[2], qui
n'eft chargé que de cette
fonction. N'allez pas croire
pour cela qu'ils ne voient

---

1. Voyez les Art. *Autorité*, *France*,
Gouvernement, Tome I. & Tom. VII.
2. Le Journal Encyclopédique.

pas le ridicule d'un tel procédé : ils le voient fi bien, qu'ils l'ont autrefois reproché à d'autres. Dans le premier Tome, à l'art. *Ariftotélifme*, M. Diderot déclare que les Jéfuites ont l'avantage d'avoir donné à l'Eglife fes plus favans Théologiens. Mais comme il craint apparemment de les avoir trop flattés, il ajoute qu'il n'entreprend pas de les citer ces Théolo-giens célebres; parce que *fi les Jefuites ont eu de Grands Hommes, il y en a parmi eux qui ont été occupés à les louer. Cette Société, ajoute-t-il, étend fes vues à*

tout, & jamais Jéſuite de merite n'a demeuré inconnu.
Cette Epigramme, ſi c'en eſt une, a cela de particulier, que le trait pique celui qui l'a lancé. Quoiqu'il en ſoit, on peut répondre aux Encyclopédiſtes que, s'ils font d'une part ce qu'ils accuſent les autres d'avoir fait, ils font auſſi tout le contraire; que jamais Encyclopédiſte *inconnu n'a demeuré ſans merite*: parce que s'il n'en a pas, on lui en prête; & ſi on ne lui en prête pas, il en vole; témoin le Plagiat qu'on a reproché à pluſieurs d'entr'eux.

LETTRES

Sur le septieme Volume

DE L'ENCYCLOPÉDIE.

LETTRE PREMIERE.

Monsieur,

C'Est une chofe étrange pour l'Encyclopédie, que chaque Volume qu'elle annonce jette l'allarme parmi les honnêtes gens ; je veux dire parmi ceux qui aiment l'Etat, les bonnes mœurs & la Religion. Vos foupçons au fujet du feptieme Volume de l'Encyclopédie, n'étoient que trop bien fon-

dés, & les remarques dont vou
m'avez fait part depuis que vou
l'avez lu, justifient parfaitement le
craintes que vous aviez auparavant
Je le pense comme vous, Monfieur
Les Auteurs ont déployé à plaifi
dans ce Volume les richeffes détef
tables de leur impiété. D'abord u
Cynifme révoltant domine dan
certains articles, dont je défieroi
l'honnête homme le moins fcrupu
leux de foutenir la lecture. Cepen
dant ces articles , puifqu'ils fon
écrits en langue vulgaire, ont ét
faits pour tout le monde, mêm
pour la jeuneffe. On trouve enfuit
dans differens endroits je ne fai
combien de maximes, de paradoxes
de plaifanteries, où le poifon de leu
Philofophie anti-Chrétienne fe fai
fentir vivement. Rien n'eft égal
la hardieffe infolente avec laquell
on les voit fronder les principes le
mieux établis de la Théologie Ca-

tholique, & de la Politique Fran-
çoife. Si l'on fuivoit les fyftêmes
deftructeurs de ces *Réformateurs à*
coup de ferpe, comme les appelle
l'Ami des Hommes, on changeroit
les Loix le plus fagement inftituées,
on renverferoit les établiffemens les
plus anciens & les plus refpectables;
en un mot, on bouleverferoit de
fond en comble & la Religion &
l'Etat.

On doit inceffamment donner au
Public un Précis de cette monf-
trueufe Doctrine, dans lequel on
réunira, fous un feul point de vue,
les dogmes pervers & les contradictions ridicules qui font contenus
dans le Dictionnaire. Par-là on
pourra parvenir, finon à défabufer
ceux que l'on trompe, du moins à
confoler les gens de bien, qui
regardent les progrès de cet édifice
impie du même œil que les Saxons
voient conftruire au milieu d'eux

les Forts que la tyrannie Pruſſienne éleve pour la ruine de leur infortunée Patrie. En attendant que cet Ouvrage ſoit en état de voir le jour, je dois vous communiquer ma penſée ſur quelques articles du dernier Tome Encyclopédique, ſur leſquels vous me faites l'honneur de me conſulter. Je traiterai de chacun en particulier dans chacune des Lettres que je vous écrirai dans la ſuite. Je ſuis, &c.

LETTRE II.

MONSIEUR,

TOut le monde a remarqué comme vous l'affectation de l'Encyclopédie à louer tout ce qui meriteroit d'être blâmé, & à blâmer ce qui merite le plus l'estime du public. Meurt-il un Déiste célebre dans sa Secte, aussi-tôt on voit fumer autour de son tombeau les Cassolettes Encyclopédiques ; on lui prodigue les noms de *Sage*, *de Citoyen*, *de Philosophe*. Quelquefois c'est un Auteur dont les maximes anti-Françoises ont porté l'esprit de révolte dans toutes les parties du Royaume, & dont les Œuvres licencieuses font rougir la pudeur; d'autres fois c'est un homme

fans foi, fans loi, fans principes,
qui toute fa vie a affiché un mépris
pour la Religion, que le Paganifme
même n'auroit pas laiffé impuni.
C'eft ainfi que des objets dignes
d'exécration deviennent des fujets
convenables pour les Panégyriques
de l'Encyclopédie. Nous nous y
attendons, lorfque la mort viendra
nous délivrer enfin de ce prétendu
génie univerfel dont on voit de
jour en jour baiffer les talens &
augmenter la malice: on ne man-
quera pas de faire fon Apothéofe
dans le Dictionnaire. On le vantera
comme un génie unique & comme
un fage; on gémira fur fes difgraces
on blâmera les Princes qui l'ont
chaffé de leurs Etats; on exaltera
fes vertus, fes mœurs, fa probité
peut-être même fon défintereffe-
ment: & fi par hafard, comme en
dépit de fes Ecrits, (il y a encore
de l'équite fur la terre) il faifoit la

qu'il merite, les Panégyriftes éleveroient avec force contre fes uges, & blâmeroient hautement ur féverité.

Du refte ce n'eft pas là que fe orne la dépravation de leur goût; faut à leurs éloges des fujets plus 'criés encore. S'il eft donc des rfonnages déteftés dans tout Univers, & dont les noms univer‑ llement abhorrés foient devenus es noms d'opprobre; l'Encyclo‑ 'die ne manque pas de s'extafier ir leur merite, & de les élever au‑ effus du refte des humains. Par xemple, Julien l'Apoftat étoit un rince méchant, injufte, fuperfti‑ eux, & qui donnoit dans la Magie. Ialgré fon Baptême il jura d'anéan‑ r le Chriftianifme, & s'efforça de elever les ruines de l'Idolatrie. on mépris pour la perfonne ado‑ able de Jefus-Chrift étoit extrême; le nommoit par derifion *le Gali‑*

lien. Tyran parfait, il joigni
l'adreffe à la violence pour perver
tir fes Sujets, il fit grand nombr
de Martyrs. Les vertus, les fervice
& le caractere le plus facré n
garantiffoient point les Chrétien
de fa fureur: les Pontifes ne furen
point épargnés; & il fit mettre
mort deux Ambaffadeurs des Perfe:
par la feule raifon qu'ils étoien
Chrétiens. Il mourut enfin lui-mêm
victime de l'Ambition, qui l'avoi
engagé dans une guerre injufte
Voilà, Monfieur, quel fut Julien
au jugement de toute la Terre
Néanmoins *Julien*, chez les Ency
clopédiftes, *fut le premier de*
Princes & des Hommes[1]. E
revanche, Louis XIV. fur la fin d
fa vie étoit un bon *vieillard* don
on trompoit la fimplicité[2], ou ur

---

1. Art. *François*, Tom. VII.
2. *Ibid*. Art. *Formulaire*. Art. *France*.

hableu

hâbleur qui promettoit des récom-
penſes pour des chimeres & des
prodiges; & Moïſe un inſenſé, qui
fit paſſer chez les Juifs *l'extrava-
gance des Expiations* [1] *Egyp-
tiennes.*

On connoît aujourd'hui les
Francs - Maçons, cette Société,
dont on envioit autrefois l'honneur
d'être membre, & qui eſt préſente-
ment tombée dans un mépris uni-
verſel. On ſe contenteroit de rire
de leur folie, ſi on n'avoit à leur
reprocher que les cerémonies auſſi
bizarres que ridicules qui s'obſer-
vent à leur réception : mais il n'eſt
aucun d'entr'eux qui par ſerment
ne ſe ſoit dévoué à la mort, s'il
avoit jamais l'indiſcrétion de révéler
leurs ſecrets. Ils ne font pas myſ-
tere de ce ſerment, tout contraire

---

[1] Art. *Expiation*, Tom. VI.

B

qu'il eft aux loix humaines & divines.
Malgré cela, ou plutôt pour cela,
l'Encyclopédie les eftime & les
honore. *Tout ce qu'on peut pénétrer,*
dit-elle, *de leurs myfteres ne paroît*
que louable & tendant principale-
ment à fortifier l'amitié, la société,
l'affiftance mutuelle, & à faire
obferver ce que les hommes fe
doivent les uns aux autres.

La regle de l'Encyclopédie eft
d'exalter les méchans à proportion
de leur méchanceté : ainfi, toutes
chofes étant égales, l'*Herétique*
paffe devant le *Catholique*, & le
Déyfte a la préference fur l'*Heré-*
tique. Œcolampade, par exemple,
eft le feul homme de Franconie
qui merite d'être célébré : c'eft
le *fage & habile Œcolampade.* ₁
S'il eft un pays où il leur paroiffe

---

1. Art. *Franconie,* Tom. VII.

que la Religion n'eſt pas un objet
qui intereſſe, & où l'Herétique &
le Juif ſoient régardés du même
œil que le Catholique ; c'eſt un
pays enchanté, c'eſt la Patrie des
Sages au jugement de ces Meſſieurs.
On eſt aſſez ſage, diſent-ils, en
parlant de Francfort ſur le Mein,
*on eſt aſſez ſage dans cette Ville,
pour ne s'y occuper que du ſoin de
faire fleurir le Commerce, & de
maintenir les droits des Citoyens.*
Pour les Déiſtes, l'Encyclopédie
les préconiſe avec une affection
encore plus marquée, & même ſon
eſtime s'étend juſqu'à ceux qui ont
le plus léger trait de reſſemblance
avec eux. Les *Gaures*, par exemple, tout mépriſables qu'ils ſont aux
yeux de l'Univers, ſont aux yeux
de l'Encyclopédie des perſonnages
reſpectables, *d'honnêtes gens qui
ſupportent* avec une *patience* admi-
rable le mépris que l'on fait d'eux.

Mais lifez fur-tout à l'article *Foix*
l'éloge qu'on y fait d'un des plus
déterminés Déiftes que nous con-
noiffions : car il en exifte aujourd'hui
de plus méchans encore ; & il a
des Difciples qui font voir qu'il ne
leur manque plus que du favoir,
pour marcher au moins d'un pas
égal à côté de ce fameux Impofteur.
Voici comme il eft parlé de lui
dans le Dictionnaire. *Ce Comté*
(de Foix) *peut fe glorifier de lui
avoir donné le jour. Il nâquit à
Carlat le 8. Novembre* 1647. *&
fon Dictionnaire Hiftorique eft le
premier ouvrage de raifonnement
en ce genre, où l'on penfe apprendre
à penfer, &c.* Apprendre à penfer
dans Bayle ! chez un homme qui ne
penfoit rien ! car c'eft fur ce pied
que Bayle eft connu, & la chofe
n'eft que trop démontrée pour fon
honneur & pour celui de fes admi-
rateurs. Les Encyclopédiftes eux-

mêmes ne font pas éloignés d'en
juger ainfi. Lifez l'article *Géometre*:
on y dit de Bayle, *qu'il doutoit &
fe moquoit de tout;* on le dit comme
une chofe connue & que tout le
monde avoue. *Il doutoit donc & fe
moquoit de tout ;* c'eft-à-dire, de
l'Eglife & de l'Heréfie, de la vertu
& des vices, de la verité & de
l'erreur. Cependant on nous le
donne pour un Auteur chez qui il
faut *apprendre à penfer.*

Cette remarque vous étonne
peut-être, Monfieur : vous ne com-
prenez pas comment des Ecrivains,
qui font fonner fi haut la Raifon &
la Philofophie, ont pu tomber dans
une contradiction fi groffiere. Mais
voici, ce me femble, comment on
doit expliquer ce problême. Ces
Meffieurs ont apparemment com-
mencé par pratiquer eux - mêmes
ce qu'ils confeillent aux autres; ils
ont *appris,* dans les Œuvres de

Bayle, *à penfer*, c'eſt - à - dire à
douter de tout & à ne penſer rien.
Ils décident néanmoins, à l'exemple
de leur Maître, non ſelon leur
penſée & la perſuaſion où ils ſont,
mais ſelon la paſſion; & comme la
paſſion n'a rien de fixe & ne ſait
point s'accorder avec elle-même,
ils varient comme elle & ſe contre-
diſent à chaque moment: ou bien,
pour parler d'après eux, comme la
Paſſion voit injuſtement ce qui la
favoriſe ou ce qui la bleſſe [1], la
même maxime pouvant leur être
tantôt incommode & tantôt avan-
tageuſe, il eſt néceſſaire que tantôt
ils l'adoptent & tantôt ils la rejet-
tent. Ainſi, un Critique a-t-il
avancé des propoſitions qui morti-
fient leur orgueil, & s'agit-il de les
réfuter; c'eſt un homme ſans conſé-

---

1. Art. *Garde-Chaſſe*, Tom. VII.

quence, dont les décifions ne font d'aucun poids. Le même Critique favorife-t-il dans fes Ecrits des pafsions qui leur font cheres, c'eft un oracle feul digne de l'attention du Public.

Ce ridicule, fi l'on peut ufer d'un terme fi moderé, ce ridicule fut celui de tous les ennemis de la Foi : & vous favez que les Peres ne les ont jamais mieux confondus qu'en les oppofant fouvent eux-mêmes à eux-mêmes. Cette maniere de les combattre facile & triomphante, en rendant la défaite des impies fenfible & palpable pour la multitude, ne laiffe plus aucune reffource à leur malignité ; elle leur ôte tout moyen d'en impofer & de féduire. Mettre un Auteur en contradiction avec lui-même, eft une méthode fi fûre pour le réfuter, & elle eft fi connue pour telle, que les Encyclopédiftes en ufent quelquefois :

mais vous allez voir qu'ils le font
avec une maladreſſe qui vous fera
pitié. Ici nous mettons pluſieurs
fois les mêmes Auteurs en oppo-
ſition avec eux-mêmes dans le même
Dictionnaire, le même Volume &
quelquefois la même Page, cela eſt
raiſonnable: mais eux, ils s'y prennent tout autrement. Dans l'Eloge
de Dumarſais, ils reprochent aujourd'hui aux Journaliſtes de Tré-
voux de ne s'accorder pas avec les
Journaliſtes du temps paſſé: où eſt
le ſens commun? *Ils ont loué,*
diſent-ils, *M. Dumarſais ſur des*
choſes dont ils le blâmoient autre-
fois. Pourquoi non? le P. Berthier
eſt-il obligé de penſer comme ſes
prédéceſſeurs? Des gens qui dans
un même cerveau réuniſſent tant
d'opinions qui ſe combattent, ont
mauvaiſe grace à trouver mauvais
que des opinions contraires ſe
trouvent dans des cerveaux differens.   Du

Du refte, ce n'eft pas pour la premiere fois que les Encyclopédiftes ont fait cette bévue, elle leur eft familiere. On avoit reproché à l'Encyclopédie un plagiat honteux, entr'autre celui dans lequel l'Abbé Yvon donnoit pour preuve de fon merite l'Article *Agir*, tiré mot pour mot des Œuvres du P. Buffier, Jéfuite. Sur cela le P. Berthier loua ce morceau comme il le merite, & découvrit la friponnerie ; tandis que d'une autre part le P. Hervé, Auteur *du Francifcain* critiquoit l'Article *Agir*, & le défapprouvoit. Cette contrarieté de fentiment fut pour M. d'Alembert un fujet de triomphe, & la juftification d'Yvon, qui parut dans la Préface du troifieme Tome, fut que les deux Jéfuites ne s'étoient pas accordés fur le merite de l'Article *Agir*. Vous jugez bien qu'une telle apologie ne rétablit pas l'honneur d'Yvon, &

C

qu'elle en fit peu à celui qui l'avoit imaginée.

Le croirez-vous, Monfieur, fi j'ajoute que ces contradictions fi propres à décréditer un ouvrage & à humilier fes Auteurs, font très-fréquentes dans l'Encyclopédie? J'ai lu l'Article *Frere*, dans le Volume dont il eft ici queftion ; lifez-le vous-même, & vous y verrez, dans la même page & à quelques lignes l'une de l'autre, deux paradoxes diametralement oppofés, fortis de la même tête, écrits de la même plume, & rédigés peut-être dans le même moment. On y repréfente d'abord les Célibataires comme indignes de la protection dont tous les Etats Catholiques les ont de tous temps favorifés; *protection*, dit M. d'Alembert, Auteur de cet Article, *également contraire à la Juftice & à l'Economie Nationale*. Enfuite dans la même colonne on s'étend avec une complaisance apparente fur l'éloge d'une Société refpectable, compofée de gens voués au célibat, que l'on dit être des hommes *précieux par leurs fervices en même temps qu'ils font utiles à la Religion par leurs exemples*. Nous applaudiffons de grand cœur à cet éloge ; il eft merité : mais la verité qu'il contient ne fauve pas la contradiction. Car comment le même homme ofe-t-il dire que ces Religieux Célibataires *font dignes d'être protégés par le Gouvernement*, après avoir affuré ce qu'il a dit plus haut ? Eft-ce donc qu'on peut meriter *une protection cantraire à la juftice* ? M. d'Alembert ne dit pas feulement qu'ils en *font dignes*, mais *qu'ils font fans contredit les plus dignes d'être protégés par le Gouvernement & confiderés par les Citoyens*. Les autres le font donc auffi ; car on

n'eſt pas le plus digne de tous,
quand perſonne ne l'eſt. On ne
dira pas, par exemple, que tel
Chant du Poëme de Chapelain eſt
le plus beau de tous, ni que tel
Auteur de l'Encyclopédie eſt le
plus Chrétien des Encyclopédiſtes.
C'eſt ainſi, Monſieur, que ces Ecrivains ſont auſſi peu d'accord avec
eux-mêmes qu'avec les Sages : ils
ſe diſent néanmoins Philoſophes.
Qu'eſt-ce donc que la Philoſophie ?
Ce qu'il y a de plaiſant, c'eſt que
M. d'Alembert eſt célibataire, &
ſe fait un merite de l'être. Il eſt
vrai que c'eſt pour ſon repos : mais
enfin il eſt célibataire, & cela ſuffit
pour que la contradiction ſoit
entiere. Ainſi M. d'Alembert eſt
ici un homme qui ne s'accorde ni
avec ce qu'il penſe, ni avec ce qu'il
écrit, ni avec ſa conduite ; & voilà
ce que c'eſt qu'un Philoſophe Encyclopédique. Ceci me confirme de

plus en plus dans la pensée, qui
m'est venue quelquefois, que ces
prétendus Philosophes qui frondent
tout jusqu'à leurs propres opinions,
comme Bayle, Voltaire & plusieurs
autres, ne font foncierement ni
fourbes ni impies. Ils ne parlent ni
contre leur pensée ni conformément
à leur pensée, car ils ne pensent
point. Que font - ils donc ? ils
parlent. D'ailleurs, *fourber*, selon
l'interprétation que le Dictionnaire
a donnée de ce mot, *c'est tromper*
d'une maniere petite, obscure &
lâche[1]. Or nos Docteurs trompent
le Public de la grande maniere,
avec une hardiesse qui va jusqu'à
l'impudence, & avec un éclat qui,
je crois, les immortalisera. Je n'a-
jouterai rien à ces réflexions; mais
je réserve pour une autre Lettre

---

[1]. Art. *Fourber*, Tom. VII.

l'examen de l'article dont je viens
de vous dire deux mots : il eſt d'une
malignité digne de l'Encyclopédie.
Je ſuis, &c.

LETTRE III.

MONSIEUR,

A l'Article des *Freres de la Charité* les Encyclopédiftes fe font extrêmement étendus, non pas en louanges, mais en invectives ameres contre les Religieux en géneral. Il eft vrai qu'ils paient à ces bons Hofpitaliers un petit tribut de véneration & d'eftime, mais ce n'eft qu'en paffant, & c'eft moins pour relever leur merite & les fervices importans dont le Public eft redevable à leurs foins, que pour avoir occafion de déprimer les autres Sociétés Régulieres que l'Eglife a établies pour l'édification des Fideles. Si l'on en croit les Auteurs de l'Encyclopédie, les aurres Religieux ne font bons à rien ; fur quoi quelqu'un me demandoit malicieufement fi ces Meffieurs n'ont aucun interêt à courtifer ainfi ces bons Freres. Ce font en effet les feuls Religieux dont ils reçoivent de temps en temps quelques fervices : la reconnoiffance exigeoit d'eux un petit mot d'éloge. La même raifon me fait croire que les Sœurs de la Charité auront auffi leur panégyrique. Il y auroit de l'ingratitude à les oublier : elles ont été les gouvernantes de plus d'un Litterateur.

Ainfi, quoiqu'il en foit, la diatribe de ces MM. eft auffi injufte qu'elle eft déplacée. Je vais l'examiner en détail, & vous en jugerez. Elle fe réduit à trois ou quatre chefs principaux.

1°. Les Religieux, dit-on, ne font propres ni *à remplir les fonctions du Miniftere Evangélique,*

ni à l'inſtruction de la Jeuneſſe.
D'abord, pour prouver l'utilité dont
eſt à l'Egliſe le Corps des Réguliers
dans le S. Miniſtere, je ne voudrois
que le fait. Le Miniſtere Sacerdotal
a deux objets principaux ; l'inſtruction publique & l'adminiſtration des
Sacremens: or je demande ſi le fait
ne démontre pas en faveur des Réguliers pour ce qui concerne ces
deux objets. Bourdaloue, Maſſillon,
Cheminais, Maſcaron, s'enten-
doient-ils à inſtruire les Peuples ?
avons-nous des Prédicateurs Séculiers qui les ſurpaſſent ou même qui
les égalent ? Je vais plus loin. Quels
étoient les Miniſtres qui porterent
l'Evangile chez les Peuples d'outre
Mer ? qui a civiliſé & enfanté à
Jeſus-Chriſt ces Nations barbares
qui adorent maintenant le vrai Dieu
comme nous, & mieux que nous ?
Sont-ce des Prêtres Séculiers qui
ont converti le Japon, & qui arro-

fent encore aujourd'hui de leurs fueurs & de leur fang les rivages brûlans de l'Inde ? font-ce des Prêtres Séculiers qui vont à Tunis facrifier leur repos & leur liberté pour délivrer les infortunés Chrétiens, que l'avarice & la barbarie font gémir dans l'efclavage & quelquefois dans l'infidélité? Si les Prêtres Séculiers fuffifoient, pourquoi donc l'Eglife dans fes befoins preffans a-t-elle trouvé dans les Réguliers fes plus puiffans fecours ? Les Enfans de Dominique & de François d'Affife furent le rempart de la Foi contre les Albigeois; les Enfans d'Ignace contre Luther & Calvin : toute l'Europe Catholique applaudit à leurs travaux, & benit Dieu de leurs fuccès. Ce furent ces fuccès éclatans qui allumerent contr'eux la haine des méchans, qui rendirent célebres les grands Perfonnages dont l'Encyclopédie reconnoît le merite [1], (ils furent célebres pour avoir confondu les Ennemis de l'Eglife) & qui leur procurerent dans toutes les parties de l'Europe les établiffemens nombreux qu'ils y ont encore. Et ce problême d'anti - chambre qu'on voit dans l'Encyclopédie [2], favoir fi le plus grand Miracle de S. François n'eft pas la multitude immenfe des Maifons de fon Ordre; ce problême n'a rien qui doive étonner ceux qui ont lu l'Hiftoire de l'Eglife depuis l'établiffement des Francifcains.

Ce que je dis ici n'eft pas pour déprimer l'état féculier de l'Eglife : il a fon merite, & il rend à la Religion des fervices effentiels ; il fournit aux Fideles des Pafteurs charitables & éclairés, des Docteurs

---

1. Eloge de M. Dumarfais, Tom. VII.
2. Art. *Francifcains.*

zélés & favans. Mais qu'on ne dife
pas pour cela que le Corps des
Réguliers ne rend aucun fervice, &
qu'on pourroit aifément les rem-
placer.

2°. L'Encyclopédie prétend que
*les préjugés de Corps & les interêts
de Communauté rendent* l'éducation
des Réguliers *dangereufe* pour la
Jeuneffe. Ici, comme ailleurs, le fait
eft encore évidemment contraire
aux prétentions de nos Réformateurs; car il eft manifefte que l'éducation a été prefque par-tout confiée
à des Réguliers. Les Villes fe font
empreffées de donner leurs Col-
léges, les Evêques leurs Séminaires
à des gens de Corps. Cet empreffe-
ment géneral n'eft-il pas une preuve
incontefteable que l'on étoit peu
content de l'éducation de leurs
prédéceffeurs, & qu'on eftimoit
beaucoup la leur. Je le regarde
moi comme un témoignage folemnel

donné par l'univers entier en faveur de l'éducation des Réguliers. Ce témoignage glorieux, consigné dans l'Histoire des Nations, peut bien sans doute les consoler de l'outrage que veut leur faire l'Editeur de l'Encyclopédie, qui lui-même a fait ses études sous les Maîtres [1] qu'il voudroit proscrire. Les Villes qui ont confié leur Jeunesse aux soins des Réguliers, se sont procuré plus d'un avantage; celui d'avoir toujours au besoin & à peu de frais des Maîtres qui eux-mêmes aient eu une éducation convenable & sûre ; celui d'avoir des surveillans attentifs & capables, qui éclairent la conduite de ces Maîtres; celui enfin qui résulte des deux premiers, de transmettre à leurs enfans les vrais Principes de la Religion & de la

---

1. M. Diderot a fait son cours de Philosophie sous le P. Rozet, Dominicain.

Piété. Mais c'eſt-là préciſément ce qui fâche les Encyclopédiſtes. En laiſſant aux Réguliers l'éducation de la Jeuneſſe, ces Principes de Religion, qu'ils appellent des *Pré-jugés*, fleuriſſent malgré eux & prennent racine dans tous les cœurs. Tant que des mains pieuſes culti-veront ces jeunes plantes, la plupart ſe préſerveront de la contagion, & la Foi ne ceſſera jamais d'éclairer la France.

3°. Un troiſieme grief contre les Réguliers, c'eſt qu'ils ſont peu propres à la Litterature. Je ne ſais ſi l'on peut avancer plus hardiment une fauſſeté plus manifeſte. Cepen-dant, comme s'ils étoient ſûrs de leur fait, les Encyclopédiſtes en-trent en preuve. Dans quel genre, diſent-ils, les Réguliers s'occupe-ront-ils à écrire? dans l'Hiſtoire? *l'ame de l'Hiſtoire eſt la verité, & des hommes ſi chargés d'entraves*

oivent être toujours mal à leur aise
our la dire. Comment donc eſt-il
rrivé que tant d'Hiſtoires excel-
entes ſoient ſorties de la plume des
Réguliers? L'ame de l'Hiſtoire eſt
a verité! Mais pourrois-je leur dire,
qu'entendez-vous par *la verité*? Si
vous entendez comme V... des ſar-
caſmes impies contre la Religion,
ou des outrages inſolens faits à des
Perſonnages reſpectables, ou des
calomnies abominables copiées mot
pour mot dans les Livres des Proteſtans; je conviens que les Religieux
heureuſement aſſujettis aux regles
de la décence & de la Religion,
que vous nommez *des entraves*, en
ſont tout-à-fait incapables; & que
quiconque n'eſt pas ſans Patrie &
ſans Religion, c'eſt-à-dire quiconque
eſt honnête homme, ne ſauroit être
Hiſtorien. Mais il n'en eſt pas ainſi.
S'il eſt des verités qui ſont des outrages, tous les outrages ne ſont

pas des verités ; & M. d'Alembert, sans en dire une seule, peut faire beaucoup d'articles comme celui des *Fratricelles*. Les injures qu'il débite contre les Papes, d'après les Auteurs Proteſtans, ſont apparemment ce qu'il appelle *ces verités hardies & utiles, dont le genre humain eſt redevable au courage* des Philoſophes tels que lui. Si ce ſont-là ſes verités, comme on a lieu de le croire, il ne faut plus dire que *la verité eſt l'ame de l'Hiſtoire*, mais l'ame des Romans & de l'Encyclopédie. Mais, pour revenir aux Réguliers dont je vous entretenois il n'y a qu'un moment, je ne vois pas pourquoi ils n'uſeroient pas avec liberté du privilége accordé à tous les Hiſtoriens. Le public n'attend d'eux aucune réſerve qu'il n'exige de tout Ecrivain, & l'Etat ſouffre dans l'ouvrage d'un Régulier ce qu'il ſouffriroit dans l'ouvrage de tout autre. 4°.

4°. Comme l'Hiftoire eft du reffort des Réguliers, l'Eloquence & la Poéfie Latine en ont toujours été. Mais fur cet objet, ainfi que fur bien d'autres, l'Encyclopédie eft dans une erreur qui fait compaffion à l'Europe Savante. M. d'Alembert, Auteur de l'article que nous examinons, dit qu'inutilement les Réguliers s'adonneroient à ces deux genres, parce que le Latin n'eft plus une Langue qu'on puiffe écrire. Cette affertion fouvent répétée dans le Dictionnaire, & que l'ignorance & la pareffe ont mife à la mode parmi nous, me prouve évidemment, & le prouve à tout le monde, que l'Editeur ignore cette Langue : & quand je n'aurois pas lu fa Traduction de Tacite, qui fourmille de contre-fens, quand il n'auroit pas mis à côté l'une de l'autre la Latinité de Tacite avec

D

celle d'Horace, [1] quand il n'auroit pas lui-même écrit en Latin; fur fon affertion feule je le jugerois fort mauvais Latinifte.

Oui, je le foutiens, que quiconque ofe dire qu'on ne peut plus écrire en Latin, ne fait pas cette langue, qu'il ne la fait pas auffi bien que les enfans la favoient autrefois en France, & qu'ils la favent encore en Angleterre au fortir du Collége. Car indépendamment des preuves de détail que je pourrois en apporter, fi c'étoit ici le lieu; fi les Editeurs du Dictionnaire veulent qu'on les croie, qu'ils nous difent donc ce qui nous manque pour écrire le Latin. La converfation? Eh! depuis quand eft-ce en converfant qu'on apprend à écrire? quel eft le genre de Litterature où l'on écrive

---

1. Art. *Freres de la Charité*, Tom. VII.

comme on parle? n'eſt-ce pas même
une régle génerale en fait de ſtyle,
d'éviter les tours trop familiers de
la converſation? Dès qu'on prend
la plume il faut les oublier, & le
défaut des Ecrivains novices eſt d'y
revenir ſouvent. Il ne ſuffit pas à
celui qui veut écrire en François,
d'entendre parler & de parler lui-
même, n'eût-il pour compagnie que
le monde le plus poli & le plus cultivé; il faut de plus qu'il liſe les
bons Auteurs, & c'eſt à cette lecture
qu'il ſera principalement redevable
du merite d'écrire bien. En parlant
une Langue, on apprend à converſer
avec ceux qui la parlent; mais on
n'apprend point à l'écrire. Auſſi je
crois bien que nous n'avons pas ce
qu'il faut pour bien parler Latin;
mais moyennant de l'application &
du goût, on parvient à écrire dans
cette Langue avec de la délicateſſe
& de l'exactitude. En effet, d'où

nous vient la facilité que nous ac-
querons de parler le François en
France, l'Italien en Italie, l'Anglois
en Angleterre ? Il me semble que
deux choses y contribuent ; l'habi-
tude d'entendre ceux qui parlent
bien, & l'usage de les imiter. Or il
est évident qu'un Ecrivain judicieux,
qui toute sa vie a lu & écrit en
Latin, a ces deux avantages : il a
lu journellement pendant un grand
nombre d'années les bons Ecrivains
de Rome, & pendant tout ce temps
il s'est fait une étude continuelle
de les imiter. Depuis sa jeunesse il
entend parler Ciceron, Tite-Live
& Quint-Curce ; il converse avec
Terence, Phedre, Horace & Virgile ;
il s'applique depuis ce temps à parler,
ou, si vous voulez, à écrire comme
eux : que lui faut-il de plus ? Il écrit
les choses comme il les ont écrites,
il présente ses pensées sous le même
tour, il pense presque comme eux,

Vous, Monfieur, qui favez le Latin, & qui l'aimez, vous favez fi ce que j'avance eft fondé fur l'experience : je fuis convaincu que vous avez fait vous-même très-fouvent les obfervations que je fais ici, & que ne fauroient faire ceux qui ne favent, comme M. d'Alembert, que de la Phyfique & de la Mufique.

En un mot, pour parler exacte-ment ma Langue, j'écoute, & je parle comme ceux avec qui je vis : pour écrire exactement en Latin, je lis & j'écris comme ceux dont je lis les Ouvrages. Cela pofé, voici comme je raifonnerois, fi je parlois à un Encyclopédifte : les Religieux font en état de lire les Romains, x feuls peut-être peuvent fe con- r entierement à cette lecture, la rendre familiere ; ils peuvent c écrire correctement en Latin. Auffi j'ai peine à croire qu'on puiffe perfuader à quelqu'un que Santeuil,

Comnire, Petau & Vaniere n'écrivoient pas d'un Latin pur & exact, fi ce n'eft à des femmes ou à des hommes qui les valent.

5°. M. d'Alembert ne penfe pas non plus que les Réguliers puiffent faire aucun progrès confiderable dans la Philofophie. *Elle veut, dit-il, de la liberté, & les Religieux n'en ont pas. Les hautes Sciences, comme la Géométrie & la Phyfique, exigent un efprit tout entier, & par conféquent ne peuvent être cultivées que foiblement par des perfonnes vouées à la Priere.* Vous voyez, Monfieur, qu'ils reviennent toujours au même but : tout eft *entraves* & fervitude pour ces efprits libertins; & ils ne trouvent de vraie *liberté* que dans la licen effrénée des V. des M. des D. des L. B. leurs Confreres & le amis. Si donc l'Editeur entend par *liberté* la licence qui fait déclamer

contre la Religion & fronder toutes
les maximes autorifées, nous con-
venons qu'un Religieux ne fauroit
être Philofophe. Mais fi l'on entend
par *liberté* la facilité de s'affranchir
des erreurs que le vulgaire adopte
& que fon ineptie entretient, il
femble qu'un Religieux peut comme
un autre les rejetter & les combattre.
En effet combien d'erreurs dont on
eft revenu par les découvertes & les
folides raifonnemens des Réguliers?
N'avons - nous pas des Syftêmes en
tout genre dont les Religieux font
les inventeurs, & qu'ils ont élevés
fur les ruines des Syftêmes anciens?
Divers Corps n'ont-ils pas oppofé
fouvent Syftêmes à Syftêmes? Des
Réguliers du même Corps n'ont-ils
pas quelquefois combattu les uns
contre les autres pour leurs opinions
refpectives? & ces difputes litteraires
n'ont-elles pas fervi à éclaircir les
matieres conteftées? Je l'ai dit plus

haut; il ne manque aux Réguliers
que la *liberté* de blafphemer contre
la Religion. Cette *liberté* leur manque; mais ils s'en félicitent: c'eſt
même pour cela qu'ils ſont plus
propres que d'autres à la veritable
Philoſophie. La vraie *liberté,* diſoit
un Poëte[1], c'eſt *l'heureuſe néceſſité*
où ſe trouve un Sujet d'obéir ſous
un Roi juſte & ſage. Il en eſt de
même dans l'Empire Litteraire: la
veritable *liberté* eſt celle dont jouit
le Philoſophe Chrétien. La loi qui
le retient dans les bornes que Dieu
a marquées à la raiſon humaine, ne
l'empêche point de prendre l'eſſor;
elle prévient ſeulement ſes écarts &
l'empêche de s'égarer: c'eſt un guide
plutôt qu'un maître. Ce n'eſt point
être eſclave que de porter le joug

---

1. *Fallitur egregio quiſquis ſub Principe credit*
   Servitium: Libertas nunquam gratior extat,
   Quàm ſub Rege pio. Claud.

de

de la verité: pourquoi ne seroit-ce pas être Philosophe, si la Philosophie est un merite?

Vous me direz que ce n'est pas là celle dont il s'agit dans l'Encyclopédie; je le sais. On y entend par Philosophie ce qu'on entendoit autrefois; non pas l'amour du vrai & le talent d'y parvenir, mais la manie de s'élever au-dessus des opinions reçues: en quoi je trouve les Encyclopédistes & leurs pareils beaucoup plus à plaindre que les Philosophes de l'Antiquité. Ceux-ci, comme ils vivoient dans un Siecle d'erreurs & de préjugés, en s'écartant des principes communs, découvroient quelquefois le vrai, ou du moins en approchoient: les nôtres au contraire, nourris dans le sein de la Religion, qui fait briller sans cesse autour d'eux les pures lumieres de la verité, ne sauroient se séparer de la foule sans donner

E

dans les ténebres & dans le men-
fonge. L'orgueil a conduit les uns
& les autres : il fervit à éclairer les
premiers & à les détromper ; pour
les feconds ! il les aveugle , & il ne
peut que les égarer. Mais pourfui-
vons l'examen d'un article , dans
lequel nous avons déja trouvé tant
de paradoxes accumulés.

*Pour la Geometrie & la Phyfique
il faut*, dit-on, *un efprit tout
entier*, & non pas des hommes
voués à la Priere. Quelle façon de
parler pour des Chrétiens ! Non
content de ne prier pas, ils ne
croient pas qu'un Savant puiffe
prier, du moins qu'il puiffe prier
beaucoup ! Un Phyficien peut donner du temps au plaifir, aux vifites,
aux feftins ; il a du loifir pour s'occuper à la *menue* Litterature, pour
donner au Public des Ouvrages de
goût, pour rédiger l'œuvre immenfe
de l'Encyclopédie ; & un Phyficien

folitaire n'a pas du temps de refte pour prier ! Ici, Monfieur, la patience échappe ; & la raifon eft auffi choquée de la déraifon qui regne dans cette maxime, que la Religion eft offenfée de l'efprit impie qui l'a dictée.

Vous le favez, vous qui connoif-fez les Réguliers pour les avoir vus de près : parmi eux les plus pieux & les plus faints font communément les plus appliqués & les plus laborieux. Perfonne n'a plus écrit ni plus prié que S. Thomas, Baronius & Suarès [1].

Cette verité eft fi connue, on en a vu tant d'autres exemples, qu'on ne l'ignore point, fi l'on ne veut abfolument l'ignorer : cependant elle

---

[1]. Le premier étoit Dominicain, le fecond Oratorien, le troifieme Jéfuite ; tous trois d'une piété égale à leur profonde & immenfe érudition.

E 2

n'a point empêché M. d'Alembert
de nier qu'un Régulier puisse s'ap-
pliquer suffisamment à l'étude pour
pouvoir tenir un rang parmi les
Philosophes; & il n'accorde qu'à
l'Oratoire l'avantage d'en avoir
donné un au monde; & ce Philosophe, c'est Malebranche. Voici
les propres paroles de l'Editeur.
M. Dumarsais[1] *entra dans cette*
Congrégation, (de l'Oratoire) *une*
de celles qui ont le mieux cultivé
les Lettres, & la seule qui ait
produit un Philosophe; parce qu'on
y est moins esclave que dans les
autres, & moins obligé de penser
comme ses Superieurs. Pesez bien,
Monsieur, tous les termes dont se
sert ici le Panégyriste du S. homme
M. Dumarsais. D'abord l'Oratoire
est une des Sociétés Régulieres *qui*
aient le mieux cultivé les Lettres.

---

1. Eloge de M. Dumarsais, Tom. VII.

Il eſt donc vrai que les Lettres *peuvent être heureuſement cultivées* par des Sociétés Régulieres? M. d'Alembert, qui le nioit il n'y a qu'un moment, en eſt ſi perſuadé, qu'il rend ailleurs[1] la même juſtice à la Société des Jéſuites ; dans un endroit où il n'a pas envie de les flatter, car il leur dit en même temps des injures. A quoi donc revient ce long article des Freres de la Charité, & le détail plat dans lequel il entre pour démontrer que les Réguliers n'ont aucune capacité pour la Litterature? Quoi! *les Sociétés avoient autrefois des hommes célebres , l'Oratoire eſt une des Sociétés qui aient le mieux cultivé les Lettres ;* & cependant les Corps Réguliers, tout bien examiné, ne *ſont propres à aucun genre de Litterature!* J'admire ici la Logique

---

1. Eloge de M. Dumarſais, Tom. VII.

de M. d'Alembert; & je ferois tenté de croire que le jour qu'il fit cet article, *il n'avoit pas fon efprit tout entier, &* qu'il *s'étoit voué à la Priere.*

Mais indépendamment de la Logique, on demande auffi où eft fon érudition & fa bonne foi. Car ignore - t - il jufqu'aux noms des Hommes Illuftres, ou bien s'il feint de les ignorer? Malebranche eft *le feul Philofophe qu'aient produit les Sociétés Régulieres.* Eft - ce donc que le P. l'Ami, le Confrere de Malebranche, n'étoit pas Philofophe? eft - ce donc que le P. Regnau, de la même Congrégation, n'étoit pas Philofophes? Puifqu'il n'y a point & qu'il n'y a jamais eu de *Phyficiens* ni de *Géometres* dans les Sociétés Régulieres, il faudra donc penfer déformais que Magnan [1], cet homme célebre qui

---

1. Magnan & Merfenne, Minimes; Clavius

apprit les Mathématiques fans le
fecours des Maîtres, & qui lui-
même en fut un fi grand; que Mer-
cenne, cet illuftre ami de Defcartes,
& que les autres Philofophes
aimoient tant; que Clavius, qui
travailla fi heureufement à la
réforme du Calendrier, & qui
triompha fi glorieufement des contradictions de Scaliger; que Gré-
goire de S. Vincent, Difciple de
Clavius, ce grand homme que deux
Souverains s'envioient & s'enle-
voient l'un à l'autre, parce qu'il
étoit l'Oracle & la lumiere de fon
temps; que le P. Sebaftien, ce Mé-
canicien imcomparable; qu'Egnatio

& Gregoire de S. Vincent, Jéfuites; le P.
Sebaftien, Carme : celui-ci étoit un homme
dont M. de Colbert faifoit une grande eftime.
Ce Miniftre, dont le fuffrage vaut au moins
celui des Encyclopédiftes, le regardoit comme
un homme unique dans fon genre, & trouva en
effet en lui des reffources qu'il ne trouvoit
point ailleurs.

Dante ,, qu'une infinité d'autres
étoient des hommes trop médiocres
pour meriter le nom de Philosophes.

Jusqu'ici on avoit compté parmi
les Philosophes de marque les PP. :
Niceron, Desgabets, Pardies, Deschales, Kirquer : aujourd'hui c'est

---

1. Egnatio Dante étoit Dominicain. C'est
lui qui traça en 1575. dans l'Eglise de S.
Petrone à Boulogne, une Meridienne célèbre
pour marquer les points des Solstices & des
Equinoxes.

2. Le *P. Niceron*, Minime, un des célèbres
amis de Descartes. Il excella dans l'Optique.

D. Robert des Gabets, Bénédictin. On a de
lui un grand nombre d'Ouvrages estimés : c'est
lui qui proposa le Systême de la Transfusion du
sang.

Ignace Gaston Pardies, Jésuite , fils d'un
Conseiller au Parlement de Normandie. On a
de lui des Ouvrages savans & bien écrits ; ses
Tables Astronomiques sont célèbres.

Claude - François Milet Deschales, Jésuite,
Mathématicien.

Ath nas Kirquer, Jésuite Allemand. Il
enseigna les Mathématiques à VVirtzbourg
avec la réputation singuliere qu'il conserve
encore. Ses Ouvrages sont connus de tout le
monde, hormis apparemment de M. d'Alembert.

un préjugé contre lequel M. d'A-
lembert réclame ; & quoi qu'on en
ait dit jufqu'ici, quoi qu'il en ait dit
lui-même ailleurs, ce ne font plus
des hommes célebres. *Sans liberté*
point de Philofophie : ils avoient
des entraves , donc ils n'étoient
point Philofophes. Quand on prie
Dieu, point de Philofophie : c'é-
toient des gens *voués à la Priere ,*
donc ils n'étoient point Philofophes.
En un mot, quand on a une Régle
& des *Superieurs ,* point de Philofophie ; car quand on a des Superieurs, il faut penfer comme eux.
Or peut - on être Philofophe &
penfer comme un autre ? Ils étoient
ces grands Hommes Réguliers &
foumis ; donc ils n'étoient pas Philofophes. Tel eft, Monfieur, le
réfultat de la doctrine contenue
dans le feptieme Volume de l'Encyclopédie, au fujet des Réguliers.

Il me refteroit cependant encore
à vous parler des Matieres d'Erudi-

tion; mais M. d'Alembert avoue que ces matieres conviennent affez à des Religieux. La raifon qu'il en apporte vous paroîtra comme à moi des plus ridicules : du moins elle eft neuve & inouie. C'eft que, dit-il, *elles demandent moins d'applica-tion, & qu'elles fouffrent plus aifément les diftractions.* N'êtes-vous pas indigné d'un pareil propos ? Quoi ! Monfieur, un Petau, un Montfaucon, un Mabillon, un Morin, un Syrmond, un Gretzer, un Théophile Raynaud, un Tho-maffin, &c. étoient des hommes inappliqués, des hommes diftraits ? Vous feriez-vous attendu à un para-doxe auffi infenfé ? Je puis bien affurer que perfonne ne l'a jamais penfé jufqu'ici, & que celui même qui l'a dit ne le croit pas : au furplus, s'il le croit, je le félicite de la facilité qu'il a à croire, d'autant plus que c'eft un merite qu'on ne lui connoif-foit pas encore.

Avant que je ferme cette Lettre,
il faut que je vous faſſe part d'une
penſée qui m'eſt venue à l'occaſion
des injures que diſent les Encyclopédiſtes aux Réguliers. C'eſt un
argument auquel, ſans être vain,
je puis défier toute l'Encyclopédie
de répondre: le voici. Ils prétendent
qu'un Régulier ne ſauroit être un
grand Homme de Lettres; & moi
je ſoutiens qu'il pourroit même être
un Encyclopédiſte, & je le ſoutiens
d'après les preuves que le Dictionnaire me fournit. En effet, que
faut-il penſer de l'Auteur qui a
compoſé l'article *Agir*, dans le
premier Volume? Si j'en juge ſur
la parole de M. d'Alembert, qui
dans ſa Préface a encenſé tous ſes
Confreres les uns après les autres;
j'aſſurerai, ſans héſiter, que l'Auteur
de l'Article AGIR *eſt un Métaphy-*
ſicien profond, &, ce qui eſt encore
plus rare, d'une clarté extrême....
un homme d'une Philoſophie ſaine

& d'une *Métaphyſique nette* &
préciſe; que le *ſeul article* AGIR *en*
eſt une preuve *ſuffiſante* & *convain-*
cante. Or ce *Métaphyſicien* profond, cet homme d'eſprit, ce *Phi-*
loſophe, dont la Métaphyſique eſt
ſi nette & *ſi préciſe,* eſt un Régulier[1],
lequel, bien qu'il ait du merite, n'eſt
pas à beaucoup près un des plus
grands Hommes de ſa Société. Par
conſéquent un Régulier, malgré ſes
entraves, peut être un *Philoſophe,*
un grand Homme de Lettres, il
peut même être Encyclopédiſte; &
ſi c'étoit une choſe poſſible a ur
ſimple mortel, il ſeroit ſuperieur
plus d'un Encyclopédiſte; puiſqu'il
peut non-ſeulement piller d'excel-
lentes choſes, mais les faire. Je
doute que M. d'Alembert trouve
une réponſe à cet argument. Il n'eſt
pas d'une *Métaphyſique profonde;*
mais il eſt *net, précis* & peremptoire.
Je ſuis, &c.

1. Le P. *Buffier,* Jéſuite.

www.ingramcontent.com/pod-product-compliance
Lightning Source LLC
Chambersburg PA
CBHW071249210626
46818CB00013B/625